QUELQUES IDÉES DE CONSTITUTION,

APPLICABLES

A LA VILLE DE PARIS

En Juillet 1789.

PAR M. L'ABBÉ SIEYES.

A VERSAILLES,

Chez BAUDOUIN, Imprimeur de l'ASSEMBLÉE NATIONALE, Avenue de Paris, nº 62.

24 Septembre 1789.

QUELQUES IDÉES

DE CONSTITUTION,

APPLICABLES A LA VILLE DE PARIS.

IL faut considérer la Ville de Paris sous deux points-de-vue, comme *Municipalité*, & comme *Province*. Il est impossible de traiter ces deux points, sans indiquer au moins une partie considérable de notre plan de Constitution pour tout le Royaume : mais nous n'en dirons que ce qui sera indispensable. Commençons par supposer que tout le territoire François peut être partagé en sept cent-vingt parties ou *Communes*, d'environ trente-six lieues quarrées de superficie, approchant chacune, le plus possible, d'un quarré de six lieues sur six. Paris sera la Cité centrale. Toutes ces Communes doivent recevoir deux organisations très-distinctes. Comme *Municipalités*, elles auront une Législation & une Administration particulières, qui n'intéresseront que leur intérieur, ou plutôt leur localité. Nous disons en conséquence, que dans l'Ordre

Municipal, les Communes ne ſont point des *tous confédérés*, mais des *tous* en quelque ſorte indépendans.

La ſeconde Conſtitution à donner aux Communes, dépend de l'union politique qu'on veut adopter pour faire de toutes les parties de la France un grand *tout*, gouverné par la même Légiſlation & la même Adminiſtration Nationales. Sous ce nouveau rapport, les Communes du Royaume ſont plus que des *Etats confédérés*; ce ſont de vraies parties intégrantes & eſſentielles *d'un même tout*. Cette obſervation eſt importante pour qu'on ne nous compare jamais aux *Etats-Unis* de l'Amérique.

Nous partons du principe qu'il faut à la France entière une Légiſlation & une Adminiſtration *communes* & uniformes; & aux Municipalités, un Conſeil & une geſtion qui remplacent pour les affaires *particulières*, & repréſentent le pouvoir légiſlatif & le pouvoir exécutif; de manière cependant que la Conſtitution libre & particulière de chaque Cité ou Commune n'uſurpe point ſur la Conſtitution générale de l'Etat, & ne gêne en aucune façon la Légiſlation & l'Adminiſtration Nationales.

On voit donc que ſur la même *baſe* doivent

s'élever deux édifices politiques : l'un particulier à la localité, l'autre fait pour se raccorder avec les édifices voisins, pour s'allier avec les autres Communes, & former ensemble la Monarchie Françoise.

Faisons une dernière observation préliminaire, pour achever de développer l'esprit dans lequel nous avons travaillé. Nous n'entendons point soumettre le Gouvernement National, ni même les plus petits Gouvernemens Municipaux, au régime *Démocratique*.

Dans la Démocratie, les Citoyens font eux-mêmes les Lois, & nomment directement leurs Officiers publics. Dans notre plan, les Citoyens font, plus ou moins immédiatement, le choix de leurs Députés à l'Assemblée législative ; la Législation cesse donc d'être démocratique, & devient *représentative*. Les Peuples ont, à la vérité, toute influence sur les Représentans ; nul ne peut obtenir cette qualité, s'il n'a la confiance de ses Commettans ; nul ne peut conserver cette qualité, en perdant cette confiance : mais les Peuples ne peuvent point eux-mêmes faire la Loi, encore moins se charger de son exécution.

Nous venons de dire qu'ils ont toute l'autorité sur ceux qu'ils chargent de faire la Loi ;

il faut ajouter qu'ils doivent influer auſſi, quoique d'une manière plus indirecte qui ſera expliquée plus bas, ſur le choix de ceux qui ſeront nommés pour l'exécution dans toutes les parties de l'adminiſtration publique. Car il faut que les gouvernés puiſſent avoir pour les gouvernans de l'eſtime & de la confiance. Ces ſentimens ſont libres de la part du Peuple, autant que néceſſaires au maintien du bon ordre.

On va voir l'influence de ces principes ſur le plan que nous ſoumettons à Meſſieurs du Comité chargé de donner une Conſtitution municipale à Paris (1).

---

(1) Ce plan a été, en effet, lu & dépoſé au Comité des Seize, peu de jours après ſa formation. Il n'étoit pas deſtiné au Public. On s'en apperçoit aſſez aux négligences de rédaction. Citoyen & Député de Paris, j'ai cru devoir payer ma tâche.

CHAPITRE PREMIER.

Paris considéré comme Province *du Royaume, dans* l'ordre législatif.

ARTICLE PREMIER.

SUPPOSONS, pour un instant, toute la France soumise à une nouvelle division de Provinces & de Communes.

Ne disputons point ici sur le nombre de quatre-vingt Provinces ou Départemens, & de sept cent-vingt Communes ou Cités, dans lesquelles le Royaume peut être divisé. Ces données sont indifférentes pour Paris; je n'en ai besoin un moment que pour montrer la *Commune de Paris*, comprenant *la Ville & sa Banlieue*, au centre des sept cent-vingt Communes qui composent le Royaume.

Il faut par-tout neuf Communes pour former un Département d'environ trois cent vingt-quatre lieues quarrées. Mais Paris eſt la Métropole de la France ; Paris & ſa banlieue embraſſent le trentième de la population totale ; enfin, ſa contribution eſt près du ſeptième de la contribution générale. Il faut donc, dans les neuf Communes qui forment le premier Département du Royaume ou la Province centrale, diſtinguer la Commune centrale de Paris, & lui donner tous les droits d'un Département.

Ce privilége ou ce droit ne peut appartenir qu'à Paris. Nous avons donc quatre-vingt-un Départemens, au-lieu de quatre-vingt. Paris eſt le premier, & les huit Communes qui l'entourent forment le ſecond.

Chaque Commune eſt d'environ trente-ſix lieues quarrées. C'eſt un quarré de ſix lieues ſur ſix. Paris & ſa Banlieue doivent ſe rapprocher le plus poſſible de cette meſure.

Si l'on me demande pourquoi je ne borne pas la Cité de Paris à ce qu'elle eſt *intrà muros*, je répondrai que la double Adminiſtration de Paris, conſidéré, ſoit comme Province, ſoit comme Municipalité, ſeroit extrêmement gênée ; que l'on s'expoſeroit à des querelles ſans ceſſe renaiſſantes, ſi ſa police ne s'étendoit pas au-delà de ſes murs. La Capitale ne peut pas demeurer ainſi ferrée, & entravée à ses portes, par une Administration Provinciale qui ne seroit pas la sienne.

Art. II.

Paris considéré comme *Province*, ou comme partie intégrante de la Constitution Nationale, doit être soumis aux mêmes formes, à la même Législation & à la même Administration que les autres Provinces du Royaume. Je ne m'écarterai en rien du plan général dans ce que j'ai à dire, ou j'avertirai des différences que la position particulière de la Capitale pourra nous forcer d'établir en sa faveur.

Je divise le *territoire* de Paris & de sa Banlieue, en neuf Districts, égaux en superficie. Je prends d'abord cette base invariable.

Chaque District sera partagé en neuf Quartiers, pareillement égaux en superficie; nouvelle base invariable. Il y aura donc quatre-vingt-un Quartiers.

Les neuf Districts embrasseront tout, & ressortiront à l'Hôtel-de-Ville, qui sera le vrai centre de la Métropole.

Je ne dis pas que chaque Quartier n'aura qu'un *Assemblée* de Citoyens; j'ai égard à l'inégalité de population. Tel Quartier peut avoir une po-population dix fois plus nombreuſe que tel autre. Il faut que les Aſſemblées élémentaires, qui ſont les vrais fondemens de la Société politique, ne ſoient pas livrées à la confuſion & au déſordre qui réſulteroit d'un trop grand nombre de Citoyens réunis.

Etabliſſons une règle générale : les Aſſemblées fondamentales ou *primaires* ſeront de ſix à ſept cents perſonnes. Si le nombre des Citoyens qui auront droit d'y voter excède le nombre de neuf cents, il ſe partagera en deux Aſſemblées à-peu-près égales ; ſi ce nombre va au-delà de treize cents, il s'établira trois Aſſemblées primaires dans le même Quartier : ainſi de ſuite.

Ainſi, chaque Quartier aura au moins *une* Aſſemblée *primaire* ; mais, ſuivant ſa population, il pourra en avoir *plusieurs*. Il y aura donc, dans la Cité de Paris, qui comprend la Ville & la Banlieue, plus de quatre-vingt-une Aſſemblées fondamentales, auxquelles nous pouvons auſſi donner le nom de *Comices*.

On peut en conjecturer le nombre par celui de la population. Si nous ſuppoſons neuf cents mille ames dans la Commune de Paris, & que, d'après des calculs aſſez exacts, nous admettions que le ſixième de la population d'un pays peut, en général, exercer les droits *politiques* de Citoyen ; nous pourrons croire d'abord que cent cinquante mille Citoyens pourront vouloir aſſiſter & voter aux Aſſemblées primaires. Mais, ſi nous faiſons attention au nombre prodigieux d'étrangers & de gens non-domiciliés qui ſont à Paris, ce nombre ſe réduira au-deſſous de cent mille Citoyens *actifs*. Si l'on remarque que quelques Aſſemblées pourront avoir plus de ſix à ſept cents votans, on pourra auſſi faire attention que quelques-unes ſeront au-deſſous de ce nombre. Ces deux obſervations peuvent ſe balancer, & puiſqu'il faut adopter des données d'avance, nous pouvons croire qu'il y aura environ cent-quarante à cent-cinquante Aſſemblées comitiales, réparties inégalement dans les quatre-vingt-un Quartiers de la Commune de Paris.

Art. III.

Les Aſſemblées comitiales ou primaires, dans Paris & dans tout le Royaume, ſont la véritable & l'unique baſe ſur laquelle doit s'élever la Conſtitution *nationale*, d'une part, & de l'autre, la Conſtitution *municipale* particulière à chaque Commune.

La Cité de Paris, avons-nous dit, sera divisée en neuf Districts égaux en surface territoriale, & chaque District en neuf quartiers égaux, du moins autant qu'il sera possible.

Toutes les Assemblées primaires, quel qu'en soit le nombre, députeront directement à leur Assemblée de District.

Ici, je dois arrêter un instant l'attention du Lecteur, sur la loi qui détermine le nombre proportionnel des Députés que chaque Assemblée doit envoyer à son Assemblée commune de District. Cette loi doit être la même pour toute la France.

Je ne veux en présenter que le résultat : les développemens nous mèneroient trop loin. C'est dans le plan de Constitution nationale qu'ils doivent être placés.

Souvenons-nous que Paris, considéré comme *Province*, doit éprouver les mêmes degrés intermédiaires entre ses Assemblées primaires & le Corps législatif national, que toutes les Provinces du Royaume: il n'y a dans ces degrés politiques que le mot de changé. L'Hôtel-de-Ville répond au mot de Province, celui de District répond au mot de Commune; enfin, celui de Quartier au mot Canton; d'ailleurs, les Quartiers & les Cantons peuvent, à raiſon d'une grande population, avoir également plus d'une Aſſemblée comitiale. Ces Aſſemblées députeront directement à la Commune ou au Diſtrict, afin d'éviter l'inégalité des degrés intermédiaires.

Cela poſé, on peut ériger en loi générale pour toute la France, que chaque Canton où il n'y aura qu'une Aſſemblée primaire, doit envoyer d'abord,

Une députation pour le *territoire*.

En outre, le Canton que nous avons pris pour exemple, groſſira ſa députation, à raiſon,

1°. De la population active qu'il poſsède;

2°. De ſa contribution forcée;

3°. De la ſomme qu'il fournit au *tribut volontaire* ou *civique*.

Pour entendre ces trois articles, & ſur-tout le dernier, il faut faire quelques obſervations.

Suppoſons que quatre-vingt Départemens verſent ſept cent-vingt Députés à l'Aſſemblée légiſlative nationale. Dans ce nombre total, il y aura d'abord un tiers des Députés; ſavoir, deux cent-quarante envoyés avec *égalite* de chaque Province; c'eſt-à-dire, trois par Province territoriale.

Il reſte à diſtribuer *inégalement* ſur quatre-vingt-un Départemens quatre cent quatre--vingt Députés. Ce partage doit ſe faire à raiſon des inégalités de population & de contribution, & aussi à raison des inégalités dans le tribut civique ; car il faudra en établir un de cette nature.

Je divise en trois parties quatre cent quatre-vingt, & j'ai cent soixante Députés à répartir sur les quatre vingt-une Provinces, à raison de population inégale & variable.

Cent soixante à raison de l'inégalité de contribution.

Enfin, cent soixante encore, à raison du tribut volontaire.

Ainsi, je n'ai qu'à supposer la totalité du tribut volontaire, par exemple, connue & divisée mentalement en cent soixante parties : autant une Province paiera de ces parties, autant elle aura droit d'envoyer de Députés au-delà des trois que toutes doivent nommer sans faute pour le territoire.

On voit que cette opération peut se répéter sur la masse de la population & sur celle de la contribution forcée.

Ce plan de Députation proportionnelle paroît compliqué, au premier aspect ; en y revenant, on le trouvera très-simple, & sur-tout on trouvera qu'il falloit établir entre les Provinces la proportion que je viens d'indiquer. Je puis assurer que ce résultat & tous ceux que j'offre ne sont pas l'ouvrage d'un jour ; j'ai épuisé mille & mille combinaisons avant de me fixer à celle que je viens de présenter. J'ai tenu long-temps à l'idée de déterminer le nombre proportionnel des Députés à chaque échelle représentative, par une *raison composée* où je faisois entrer tous les élémens qui doivent influer sur cette proportion. Enfin, je me suis démontré qu'il est plus simple & plus sûr de séparer ces élémens, d'attacher une représentation invariable à ceux qui sont invariables, & une députation variable & proportionnelle à des bases variables elles-mêmes.

Il y aura donc sept cent-vingt Députés, au plus, pour composer le Corps législatif. Je dis au plus, parce que dans le calcul de distribution il y aura une perte ; c'est celle des fractions trop au-dessous d'une cent soixante-troisième partie.

ART. IV.

Passons maintenant aux députations des Communes, pour former une Assemblée Provinciale, & à celles des Cantons, ou plutôt des *Comices* primaires, pour former l'Assemblée de la Commune qui répond pour Paris à l'Assemblée de District.

Je remarque que dans les Quartiers où il y

a plusieurs Assemblées Comitiales, l'une d'elles ayant épuisé par son Député du *territoire* le droit du territoire entier, les autres Assemblées du même Canton doivent, en attendant leur tour, s'abstenir de répéter la même députation pour le *territoire*; mais elles enverront à raison de leur population, de leur contribution votée, & de leur tribut volontaire. Les instructions à cet égard seront à la portée de tout le monde, dès que l'administration de l'impôt se trouvera dans les mains qui doivent le régir. En général rien ne doit être caché dans le nouveau plan d'administration générale.

La remarque que nous venons de faire nous mène à voir que la Cité ou la Commune de Paris étant enclavée dans un Département qui députera pour le territoire entier trois personnes, Paris ne doit pas répéter la même députation : comme territoire, Paris ne sera que le neuvième de la Province dans laquelle il est enclavé : or, on ne peut pas prendre le neuvième de trois Députés. Mais l'exacte justice demande que Paris puisse envoyer la députation du territoire tous les neuf ans, ou mieux, un Député pour cela tous les trois ans.

Reprenons les cent-quarante Assemblées primaires de la Province particulière de Paris.

Ce

Ce n'eſt que dans l'article ſuivant que nous traiterons des qualités néceſſaires pour être admis à voter dans les Aſſemblées. Ici nous ſuppoſons ces Aſſemblées toutes formées, il s'agit de les faire députer *proportionnellement* à leur Aſſemblée de Diſtrict. Les baſes de cette proportion, ſavoir, la population, la contribution forcée & le tribut volontaire ſeront, connues; rien ne ſera donc plus facile que de déterminer le nombre reſpectif de Députés que chaque Aſſemblée primaire doit élire.

Suppoſons que pour l'enſemble des neuf Aſſemblées de Diſtrict, on veuille 600 Députés, ce ſera

200 Députés à répartir pour la population active.

200 Pour la contribution forcée.

200 Pour le tribut civique.

600.

Ainſi autant chaque Aſſemblée primaire fournira de deux centièmes parties de population, &c., autant elle choiſira de Députés.

Les ſix cents Députés arriveront en nombre inégal dans les neuf Aſſemblées de Quartier. Cette raiſon n'empêche pas que la députation Provinciale ne s'y fasse ensuite très-aisément ; il suffira que chaque Assemblée de Quartier élise un nombre de Députés égal au *tiers* de ses Membres. Dans cette opération, nulle proportion ne sera rompue, & l'Assemblée Provinciale de Paris se composera de deux cents personnes.

Cette gradation ascendante doit être exactement la même dans toutes les Provinces. Suivons-la jusqu'à la Législature Nationale.

Chaque Assemblée Provinciale enverra au Corps législatif un nombre de Députés proportionné au nombre total à fournir par tous les Départemens ensemble.

Si nous voulons nous former une idée de ce que la Cité de Paris doit envoyer de Députés au Corps législatif, nous compterons :

1°. Pour le territoire. 0

2°. Pour sa part de population, le trentième au moins de cent-soixante, ce qui fait . . 5

3°. Pour sa part de contribution votée, le septième de cent soixante : donc, . . 23

4°. Enfin pour sa part du tribut civique, je présume que ce sera le dixième de la toralité, divisée également en cent soixante parties, ou 16

44

La Commune de Paris aura donc le droit d'envoyer quarante-quatre Députés au Corps législatif, sur le nombre total de sept cent-vingt. Aujourd'hui elle en élit quarante, & la Banlieue n'y est pas comprise.

Il sera nécessaire de régler que les deux cents Membres de l'Assemblée Provinciale choisiront ces quarante-quatre Députés, non-seulement parmi eux, puisqu'ils ne sont pas les seuls qui ayent la confiance des premiers Electeurs, non pas aussi hors des six cents Députés, qui ont formé les neuf Assemblées de District, parce que ces six cents Députés sont les seuls, pour le moment, que l'on puisse dire avec certitude, jouir de la confiance actuelle des Citoyens. D'ailleurs, cette condition engagera tous les Citoyens actifs à ne pas négliger les Assemblées comitiales. A l'avenir, on pourra établir une règle générale plus commode, & qui laissera plus de latitude au choix.

Art. V.

Toutes ces Assemblées, jusqu'à celle du Corps

législatif, seront renouvelées par tiers tous les ans ; ainsi chaque Député y sera pour trois ans. Au bout de la première année les Assemblées inférieures choisiront parmi les Membres qu'ils auront députés à l'Assemblée supérieure, le premier tiers qui devra sortir. Il sera fait de même à la fin de la seconde année : il faut espérer qu'on s'efforcera de ne pas mériter ce choix.

Après la troisième année, ce sera aux plus anciens à quitter la place ; & ainsi de suite.

Si la députation totale n'est pas divisible par trois, on laissera un ou deux Députés de plus pour être remplacés avec le premier, le second ou le troisième tiers, suivant la détermination de l'Assemblée.

Ces Assemblées primaires & secondaires n'auront, relativement à la législation, que le *choix* des Députés. Je répète souvent ce principe, pour rappeler sans cesse que nous voulons une Constitution *représentative* & non *démocratique*.

Mais, relativement à l'Impôt & aux Milices Nationales, les fonctions des Assemblées intermédiaires doubleront d'importance. On peut distinguer ces fonctions par les noms de fonctions *ascendantes* & *descendantes*. Il en sera question dans le Chapitre suivant. Les Assemblées de Département, ainsi que nous le verrons, doivent avoir de plus le *Conseil public* sans décision.

ART. VI.

Le tribut volontaire que j'ai demandé, doit être véritablement libre & volontaire. Un temps viendra où il pourra rapporter une somme immense à l'Etat; aujourd'hui il faut se borner à la plus petite taxe possible: mais on doit sentir d'avance que ce tribut sera au gré des conventions nationales, qui seules peuvent juger en cette matière le moyen politique le plus facile pour régler le nombre des Citoyens *actifs*, suivant le zèle & la capacité que les François montreront à *exercer* leurs droits politiques.

Je voudrois, pour ce moment, que tout Citoyen de Paris qui ne paiera pas volontairement la somme de 3 liv. fût censé vouloir se priver ou s'abstenir d'exercer les droits de Citoyen *actif* dans son Assemblée Comitiale. Ceux qui ne voudroient pas se faire inscrire & payer cette légère somme, n'auroient pas véritablement envie de venir voter à l'Assemblée; sûrement ils ne songeroient pas même à se plaindre: ainsi, point d'inconvénient à cette condition.

Les avantages du tribut volontaire, outre celui que je viens d'indiquer, & qui eſt le plus eſſentiel, ſont innombrables; je me contente de dire que de nouveaux établiſſemens demandent de nouvelles dépenſes. Dans la circonſtance, l'eſprit d'économie pourroit influer un peu trop ſur l'eſſence d'une nouvelle Conſtitution, ſi l'on ne pouvoit pas tirer d'elle-même tous les fonds néceſſaires à ſon maintien, &c.

Tôt ou tard le tribut volontaire ſe partagera en deux parties, l'une pour les dépenſes utiles ou agréables de la Commune, l'autre pour aider, ſous le même point-de-vue, les dépenſes générales de l'Adminiſtration Nationale. Aujourd'hui il faut réſerver la totalité pour l'établiſſement & le maintien des deux nouvelles conſtitutions, *Municipale* & *Nationale*.

Pour ſe montrer Citoyen *actif*, il ne faudra payer que 3 liv., mais pour être *éligible*, il faudra dès-à-préſent payer 12 liv. Ces deux tributs porteront le nom de tribut des Electeurs, & tribut des éligibles, ou plutôt de *grand* & *petit* tribut.

Art. VII.

On ne peut pas être auſſi difficile aujourd'hui ſur les qualités néceſſaires pour être Citoyen *actif*, qu'on pourra le devenir lorſqu'une éducation nationale & de nouveaux intérêts auront amélioré l'eſpèce humaine en France.

Alors, c'eſt-à-dire dans l'avenir, pour être inſcrit parmi les Citoyens actifs, il faudra ſe montrer capable de devenir Membre de la grande aſſociation ; il faudra faire preuve qu'on n'eſt point étranger aux connoiſſances ſociales, qu'on n'eſt point inhabile à tout travail, puiſque le travail eſt le vrai fondement de la Société, &c. Il faudra enfin être domicilié, & payer le tribut volontaire annuel au moins pour la ſeconde fois.

Dans ce moment, contentons-nous d'exiger que celui qui veut ſe faire inſcrire dans le nombre des Citoyens actifs d'un Canton, ou d'un Quartier, ſoit François ou devenu François, qu'il y ſoit domicilié au moins depuis un an, qu'il ſoit majeur & contribuable, & enfin qu'il paye librement le petit tribut.

Ces conſidérations ſuffiront pour être *Electeur* à l'Aſſemblée primaire. Les conditions pour être *éligible*, ne peuvent pas encore être exigées à la rigueur; il faut attendre que les Comices ſoient en état de faire des liſtes permanentes d'*éligibles*. Ce ſera un reſſort ſocial des plus puiſſans.

Nul Citoyen ne doit exercer les droits de Citoyen actif, hors de son domicile, & dans plus d'un endroit; ce seroit admettre l'inégalité dans les droits politiques.

Mais je fais une exception pour les domiciliés à Paris : il est, je pense, d'une bonne politique de ne pas interdire à ses Habitans un second domicile ailleurs, ni l'exercice des droits qui y sont attachés La Capitale n'est pas seulement une Ville particulière; elle est encore la Ville *commune*, la Métropole de tous les François. L'exception que nous faisons est plutôt à l'avantage des campagnes que de Paris même; c'est un droit *commun* plutôt qu'un privilége.

CHAPITRE II.

Paris considéré comme Province *dans l'ordre de l'administration représentative.*

ARTICLE PREMIER.

Nous avons traité jusqu'à présent des fonctions *ascendantes* de toutes les Assemblées jusqu'à celle du Corps législatif.

Le Pouvoir exécutif, ou les divers départemens de l'Administration générale, ont besoin d'avoir dans les Départemens, dans les Communes, & même quelquefois dans les Cantons, des Officiers, des Agens qui reçoivent les ordres, & en assurent l'exécution, &c.

Le Gouvernement général, ou le pouvoir exécutif National, peut se diviser en quatre grandes parties.

La Justice, y compris la police générale;

L'instruction publique;

La ſurintendance des ſoins, travaux & ſecours publics;

Les relations extérieures de la Nation.

Les forces de mer & de terre ſont compriſes dans ce département.

Nous avons dit qu'il falloit laiſſer au Peuple une influence réelle ſur le choix des Officiers publics qui ont à exercer quelque partie de l'autorité ou de l'agence publique. Pour cela, il faut que les Aſſemblées repréſentatives, dont nous avons réglé la formation, faſſent leur *liſte d'éligibles pour l'adminiſtration*, comme les Aſſemblées primaires doivent faire leur *liſte d'éligibles pour leur repréſentation.* Les Citoyens ne nommeront point les Officiers publics, mais il ne ſera nommé que des gens de leur choix.

L'Aſſemblée Provinciale fera donc une liſte d'Éligibles pour le ſecond degré de l'Adminiſtration générale, c'eſt-à-dire, pour les places provinciales. Cette liſte & toutes celles de même nature, contiendront au moins trois fois plus de noms, que les Officiers ſupérieurs de l'Adminiſtration n'auront de places à donner.

L'Aſſemblée de Diſtrict fera une autre liſte pour les Éligibles aux emplois adminiſtratifs du Diſtrict, qui ſervira en même temps pour les

Agens à employer dans toute l'étendue des Quartiers.

D'ailleurs, toutes les parties du Gouvernement doivent correſpondre entre elles, les Inférieurs être nommés par les Supérieurs, & n'avoir d'ordre à recevoir que de leurs Supérieurs.

Le Corps légiſlatif doit *préſenter* ſa liſte d'éligibles pour les grands Offices de l'Adminiſtration nationale, & le Roi nommera à ſon gré ſur cette liſte.

Bien-entendu que ces Miniſtres ſeront reſponſables & comptables au Pouvoir légiſlatif.

Art. II.

La Métropole du Royaume eſt, relativement à l'Adminiſtration générale, dans une poſition toute particulière. Paris eſt naturellement le lieu de la réſidence du Corps légiſlatif, que je ſuppoſe permanent.

Par-tout où eſt l'Aſſemblée légiſlative, elle doit être libre; elle doit être ſouſtraite même à la poſſibilité d'aucune atteinte de la part du Pouvoir exécutif; on doit même chercher à affoiblir autour d'elle l'influence que ce pouvoir dévorant s'efforce d'exercer par-tout.

De-là il ſuivroit que la ville de Paris doit être détachée des quatre grands départemens du Pouvoir exécutif. Je ne dis pas que Paris ne doive pas être régi par les mêmes Loix & dans les mêmes formes d'administration générale, qui seront établies par-tout. Je dis seulement que les Loix qui émaneront de la Légiſlature pourroient être adreſſées d'une part, pour tout le Royaume, aux quatre grands Chefs ou Miniſtres des quatre départemens; de l'autre, à quatre Chefs particuliers pour la Cité de Paris, de manière que le pouvoir exécutif de Paris n'eût point d'intermédiaire entre lui & la Légiſlature nationale, entre lui & le Roi, & ne dépendît en rien du pouvoir miniſtériel.

Je dirai tout-à-l'heure, que le titre de *Maire* de Paris ne pouvant appartenir qu'au *Roi*, il ſe trouve par-là à la tête du Pouvoir exécutif de Paris, de la même manière qu'il eſt déjà à la tête du Pouvoir exécutif de la Nation entière.

Mais, pour dire toute ma penſée ſur cet article, j'ajouterai que la précaution politique qu'il préſente n'eſt pas indiſpenſable, ſi l'Aſſemblée Nationale nous donne d'ailleurs une bonne Conſtitution.

CHAPITRE III.

Impôt & Milices; deux ſortes d'adminiſtration inſéparables de la Légiſlature, & étrangères, par leur nature, au Pouvoir exécutif.

JE ne veux pas répéter ici les puiſſantes raiſons qui doivent déterminer tout Peuple qui veut être libre, à réſerver conſtamment auprès de la Nation ou de ſes Repréſentans, la double force de toute Société, ſavoir, l'argent & la Milice. Je dis hardiment qu'on n'a pas aſſez réfléchi ſur la garantie complète de la liberté publique, quand on ne regarde pas ce principe comme fondamental en politique.

Je ne parle pas de l'Armée; l'Armée eſt entièrement ſous le commandement du Roi; mais cette machine eſt hors de meſure avec l'adminiſtration intérieure. Elle ne doit agir que dans l'ordre des relations extérieures. Elle appartient au département des *affaires étrangères*.

Outre l'armée, il y a encore en commiſſion dans toutes les Communes, & aux ordres, ſurtout, du département de la juſtice, une force intérieure légale qui exige une Conſtitution toute différente.

La force *en commiſſion* tant intérieure qu'extérieure, eſt une ſorte de contribution que la Nation doit pour le maintien de ſon établiſſement public.

C'eſt l'argent & la force individuelle de chaque Citoyen qui fourniſſent l'impôt & l'armée.

C'eſt aux ſept cent-vingt Communes à combiner ces deux élémens, & à les tenir prêts, pour garantir la Nation de tous les événemens poſſibles.

C'eſt aux Repréſentans à détacher de cette double force Nationale ce qui eſt néceſſaire, ſoit pour maintenir l'établiſſement public, ſoit pour lui aſſurer une force d'exécution également néceſſaire.

Ainſi, c'eſt aux Repréſentans de la Nation, dans toutes les échelles repréſentatives, à adminiſtrer ces deux forces en recette & en emploi, ſous les ordres du Corps légiſlatif.

D'après ces ordres, la recette & la dépense se font au gré de la Nation.

La combinaison des forces individuelles, & l'offre aux différens chefs exécutifs de ce qu'il leur faut pour assurer l'obéissance, se font également sans danger pour la Nation.

On voit que le Corps législatif ne commande point, il n'exerce jamais aucune partie du Pouvoir exécutif; mais il crée les combinaisons *d'argent & de force* sur les besoins publics, & les livre ensuite aux Chefs qui doivent les dépenser au service National & Municipal.

L'armée & les forces intérieures sont détachées de la grande Milice Nationale, mises en commission dans les mains du Roi & d'un *Prévôt* dans chaque Commune, tout comme un vaisseau est construit, gréé, armé avant d'être confié au commandement d'un Capitaine.

D'ailleurs, ces deux sortes d'administration, l'impôt & la Milice nationale, sont, en principe, très-distinctes des fonctions du Pouvoir exécutif. Il appartient évidemment à celui qui crée un établissement, & à celui qui lui donne des Loix, de lui continuer la vie & la force d'exécuter ses Loix; sans quoi, il ne crée que pour un moment. Un particulier qui nomme & paye son Procureur, n'est pas censé usurper ses fonctions en le payant.

On doit sentir que, sous ces deux points de-vue, ainsi que je l'ai déjà observé, l'Assemblés des Départemens & celle des Districts vont être occupées très-utilement.

Ce n'est pas ici le lieu d'entrer dans les détails de la double institution : *Impôt & Milice.* Il nous suffira d'observer encore, que chaque Assemblée représentative doit nommer dans son sein deux *directoires*, pour gouverner ces deux sortes d'administrations législatives, & qu'elle ne doit se réserver que la surveillance la plus attentive.

Quant au Pouvoir constituant, il est de principe qu'on ne peut le soumettre à aucune forme, à aucune règle, &c.

Le Pouvoir constituant est la volont énationale, s'exprimant, de quelque manière que ce soit, sur tout ce qui peut intéresser la Constitution.

Mais, quoique la volonté nationale soit, en ce sens, indépendante de toute forme, encore faut-il qu'elle en prenne une pour se faire entendre. Vingt-six millions d'hommes ne s'assemblent point sur la même place publique : il faut donc des degrés intermédiaires ; ceux que nous avons proposés pour déléguer le Pouvoir législatif, sont les plus simples, les plus naturels, & les mieux proportionnésà tout

ce

ce qui doit avoir de l'influence ſur la formation de la Loi. Il eſt donc vraiſemblable que la Nation, accoutumée à cette forme repréſentative, n'en voudra pas d'autre, & qu'il n'y aura d'autre différence entre les deux repréſentations, que celle d'un plus grand nombre de Députés pour l'exercice du Pouvoir conſtituant. Je voudrois encore qu'il y eût, entre l'Aſſemblée conſtituante & les Citoyens Commettans, un degré intermédiaire de moins qu'entre les Commerttans & le Corps légiſlatif. Il eſt bon, relativement à la Conſtitution, que la volonté primaire influe de plus près & plus puiſſamment. Enfin l'Aſſemblée conſtituante n'a point à exercer ces fonctions adminiſtratives qui exigent des diviſions graduelles, pour embraſſer des enſemble auxquels il ſeroit impoſſible, ſans cela, de donner l'attention & l'action convenables.

CHAPITRE IV.

Paris considéré comme Cité *ou comme* Municipalité *distincte.*

APRÈS avoir montré Paris dans ses grands rapports nationaux ; après avoir développé la manière dont il concourt à la formation de la Loi, dont il remplit les fonctions d'administration législative, & enfin dont il est soumis à l'uniforme administration du Royaume, il est temps de le présenter dans sa municipalité distincte, comme le sont les sept cent-vingt Communes qui composent le Royaume.

La différence est ici dans l'importance de la Capitale, & dans son énorme population, qui exigent, dans sa combinaison municipale, un degré intermédiaire inconnu à toute autre *Cité* du Royaume, excepté peut-être Lyon.

Paris est, comme une Province entière, constituée en Municipalité.

Nous n'avons pas beſoin de changer les *baſes* que nous avons employées juſqu'à préſent. Les mêmes Comices peuvent former une Aſſemblée de Diſtrict exprès pour les affaires de la *Cité*, & les Aſſemblées de Diſtrict choiſiront immédiatement le *Conſeil municipal* pour la *légiſlation* particulière à la *Cité*.

Ce Conſeil peut être compoſé de deux cents Repréſentans, pris dans les ſix cents Députés des Comices. Ils formeront enſemble le grand Comité légiſlatif; ſoixante d'entr'eux, diviſés en ſix Bureaux, de dix chacun, ſeront ſpécialement chargés de ſurveiller les ſix départemens de l'adminiſtration municipale, de prévenir & de conſulter le Conſeil légiſlatif des deux cents.

Le pouvoir d'exécution, à l'exception du commandement de la garde municipale, ſera tout entier dans les mains d'un *Régent*, élu au ſcrutin par les Aſſemblées primaires elles-mêmes.

Premier Département.

La recette des deniers de la ville. Deniers anciens. Nouveau tribut volontaire.

Second Département.

La dépense seulement, car le choix & la décision des emplois appartiennent au Conseil municipal.

Troisième Département.

La direction des nouveaux travaux publics, & des soins & travaux ordinaires *donnés à bail.* Approvisionnemens & subsistances. Boues, lanternes, spectacles, foires, &c.

Quatrième Département.

La police prise pour le contrôle & la surveillance de tous ces travaux, sur-tout pour l'article des subsistances; elle s'exercera tant sur les agens & entrepreneurs publics, que sur les simples Citoyens obligés à des charges publiques, comme nettoyage des rues, &c.

Cinquième Département.

La police prise pour moyen d'exécution ou pour la méthode la plus prompte d'obliger les Entrepreneurs, les Agens & les Citoyens à remplir leurs charges municipales; d'où *Jurés municipaux*, & *grand-Juge de Police municipale*. Il faut prendre garde de ne pas ufurper les fonctions de la grande police; elle appartient à l'Adminiftration générale, ainfi que la Juftice.

Sixième Département.

L'adminiftration des hôpitaux & autres établiffemens de charité, & des fecours publics de toute efpèce, appartenant fpécialement à la Ville.

Chaque Département aura un Chef d'agence, fous le titre de *Procurateur*, ou tout autre.

Tous ces Chefs feront nommés par le *Régent* de Paris, fur la lifte préfentée par le Confeil municipal; & cette lifte contiendra au moins dix-huit perfonnes. Les Agens ou Adminiftrateurs ne pourront point être au nombre des Repréfentans. Ils feront tous comptables & refponfables.

Les inférieurs dans les Diftricts & les Quartiers feront nommés pareillement fur les liftes des Affemblées de Diftrict.

Le commandement de la garde municipale forme un *feptième Département*. C'eft la force intérieure qui affure l'exécution de tous les actes émanés de l'Adminiftration générale & municipale dans toute l'étendue de la Commune. La garde Parisienne n'est pas toute la Milice Parisienne ; elle n'en est qu'une partie détachée & mise en commission par le *Directoire Provincial*. Le Commandant de la Garde, sous le nom de *Prévôt* de Paris, doit être élu au scrutin, comme le *Régent*, par les Assemblées primaires. Dans les deux cas, c'est la pluralité des votes recueillis dans toutes les assemblées, & non la pluralité des assemblées, qui décide l'élection ; autrement, comme il a été prouvé ailleurs, la minorité pourroit faire la loi à la majorité.

Au-dessus des deux administrations municipale & générale, seront le Maire de Paris, & son Lieutenant de Maire ; mais ces deux places ne donneront que la *présidence*, la *surveillance* & toutes les *représentations honorifiques*.

Ainsi Paris ne sera pas ce que le François appelle une République, lorsqu'il veut dire qu'il n'y aura plus d'ordre ni de tranquillité ; Paris sera, comme toutes les Communes du Royaume, soumis à la Loi, au Roi, & à l'autorité municipale.

La *Mairie* de Paris ne doit point être séparée de la Couronne ; la *Lieutenance de Maire* sera dévolue au *Président* du Corps législatif actuellement en fonction : car ce n'est qu'une place honorifique,

& nous ſuppoſons l'Aſſemblée Nationale permanente à Paris.

Toutes les places, tant dans l'Ordre légiſlatif que dans l'Ordre adminiſtratif, ne ſont que pour trois ans, avec cette différence, que les Adminiſtrateurs pourront être continués, s'il n'ont pas été rayés de la liſte des éligibles; & qu'au contraire les Légiſlateurs ne ſont rééligibles qu'après un intervalle de trois ans. Il eſt inutile de répéter qu'ils ſe renouvelleront par tiers tous les ans.

Je n'entrerai point dans d'autres détails ſur la Régence municipale; je n'ai point les connoiſſances qu'il faudroit pour cela.

Dirai-je, en finiſſant, qu'il n'eſt pas un alinéa, dans ce que je viens d'écrire, où je n'aye été déterminé par dix fois plus de raiſons & de motifs que je n'aipu en expoſer ? Mais, au milieu de nos occupations, comment trouver le temps de fixer & de lier toutes ſes idées?

www.ingramcontent.com/pod-product-compliance
Ingram Content Group UK Ltd.
Pitfield, Milton Keynes, MK11 3LW, UK
UKHW022153190726
13855UKWH00004B/1456